LA PIPE

POËME TABACO-DIDACTIQUE

PAR CH. DE RYLÉ

...Il n'est rien d'égal au tabac.
(MOLIÈRE, *Don Juan.*)

Vive la pipe!
Elle dissipe
Mélancolie, ennui, mauvaise humeur.
(*Chanson populaire.*)

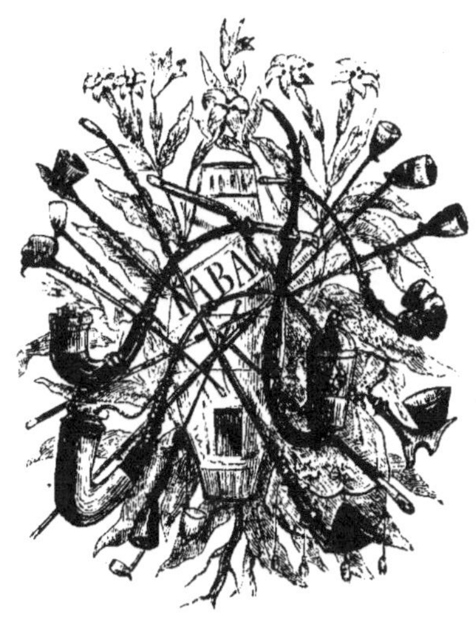

PARIS

FRÉDÉRIC HENRY, LIBRAIRE

GALERIE D'ORLÉANS, 12

LA PIPE

POËME TABACO-DIDACTIQUE

PAR CH. DE RYLÉ

...Il n'est rien d'égal au tabac.
(MOLIÈRE, *Don Juan.*)

Vive la pipe !
Elle dissipe
Mélancolie, ennui, mauvaise humeur.
(*Chanson populaire.*)

PARIS

FRÉDÉRIC HENRY, LIBRAIRE

GALERIE D'ORLÉANS, 12

1862

AUX ÉTUDIANTS DE PARIS

LA PIPE

CHANT PREMIER

...Il n'est rien d'égal au tabac.

(Molière, *Don Juan*.)

INVOCATION. — LE TABAC. SES DIVERSES PÉRIPÉTIES.
JEAN BART ET LOUIS XIV. ÉPOQUE CONTEMPORAINE. — LE CAPORAL.
PRINCIPES. — LE CIGARE. — LA CIGARETTE.

Ici je ne viens point des poëmes épiques
Célébrer les sujets, dans des chants héroïques,
Vous dire les exploits des vainqueurs d'Ilion,
Les amours de Renaud ou les pleurs de Didon.
Mon orgueilleuse plume encore s'émancipe

En louant le tabac, en célébrant la pipe.
A mon secours, Nicot! héros trop ignoré
Qu'avec un saint respect la Grèce eût adoré.
Gloire à toi! le premier tu donnas à la France [1]
Le bien consolateur de l'humaine souffrance.
Dans un temps malheureux, de ta patrie en pleurs
Ta main, par ce présent, sut calmer les douleurs.
A l'Espagne il fallait cette gloire seconde
De trouver le tabac avec le Nouveau-Monde;
Mais bientôt tu devais, illustre ambassadeur,
Faire au peuple français partager cet honneur...
  Au tabac pourquoi donc donner un nom profane?
Pourquoi ne pas toujours dire *Nicotiane?*
Ainsi nous avons vu supprimer le vrai nom
Du légitime enfant de Christophe Colomb,
Et le monde laisser, par un arrêt inique,
Un obscur Florentin baptiser l'Amérique.
N'importe, à ta mémoire on doit le même honneur.
Que l'on nomme ta plante *herbe du Grand-Prieur,*
Herbe de Sainte-Croix, Yolt ou *Médicée,*
De quelque autre façon qu'elle soit baptisée,
Que pour parrain enfin elle ait pris Tabaco,
Il faut toujours crier : honneur à Jean Nicot!

Dirai-je du tabac les mémorables luttes [2],
Et combien il causa de savantes disputes?
Dirai-je ses efforts pour se faire accepter?
Sur combien d'ennemis a-t-il dû l'emporter
Pour pouvoir dans la France établir son empire,

Pour qu'à le tolérer le monde pût souscrire !
Urbain, Élisabeth, Médicis, Amurat ³,
Tyrans dont il blessait le sensible odorat,
Ou bien de l'Angleterre un roi pusillanime,
Dont l'esprit rancunier le choisit pour victime,
Cent autres, dont les noms, du fumeur détestés,
Ne valent même point l'honneur d'être cités,
Pendant un siècle entier, sur la divine plante
Jetèrent à l'envi leur bave diffamante...
La fortune changea du moment où Jean Bart,
Pour défendre la pipe, à la lutte prit part.

Honneur à lui ! ce fait aux pages de l'histoire
L'ennoblit à mes yeux plus qu'aucune victoire.
    C'était un temps illustre, et nos hardis vaisseaux
D'un gouvernail vainqueur des mers fendaient les eaux.

Couronner ton triomphe et le porter au faîte.
    En tous lieux aujourd'hui le tabac vénéré
Des grands et des petits se trouve idolâtré.
Lorsqu'un matin Paris revit la république,
L'art de fumer devint un art tout politique.
N'avons-nous pas choisi pour nos représentants
Des hommes, sur ce point, de mérite éclatants?
Témoin ce partisan de la démagogie
Qui changea notre Chambre en vaste tabagie;
Dont l'unique talent était d'être fumeur,
Et, bien que sans-culotte, excellent culotteur.
Voulant sur son savoir bâtir sa renommée,
Il lançait dans les airs des *flocons* de fumée.
Et puis fumait encor; croyant par ce moyen
D'un grand homme d'État se donner le maintien.
Dans ces temps, si féconds en singuliers principes.
La France appartenait aux culotteurs de pipes [5];
Et nous devons au moins à ce gouvernement
De savoir que l'on sert son pays en fumant,
Que, dans les sombres jours, pour sauver la patrie,
C'est la pipe qu'il faut, et non pas le génie.

A quel tabac donner ici le premier rang?
Est-ce à toi, varinas? est-ce à toi, maryland?
Faut-il plutôt offrir la palme au virginie,
Ou doit-on mettre avant le tabac de Turquie?
Lequel viendra primer entre tant de rivaux?
En citerai-je un seul exempt de tous défauts?
Ici, comme toujours, c'est encore à la France

Qu'on doit, sans hésiter, donner la préférence.
Mon choix n'est pas celui d'un juge partial,
Car la France aux fumeurs fournit le *caporal*.
Quel rival lui trouver dans toute la nature,
Possédant comme lui cette saveur si pure,
Cet arome si franc, ce bouquet parfumé
Qui vous ravit encore après qu'on a fumé ?
Ah ! qu'ils sont loin de lui ceux que la contrebande
S'efforce d'importer de Suisse ou de Hollande !
Et qu'il l'emporte aussi sur les produits plus fins
Créés pour le palais des fumeurs féminins !

Pour ces plantes sans être aucunement sévère,
Je ne les admets point dans nos pipes de terre :
Vouloir les y brûler est une grave erreur
A peine pardonnable au novice fumeur ;
Car ceci, selon nous, est un premier principe :
Pour choisir le tabac voyez quelle est la pipe.
Ainsi dans ce fourneau tel vous semblera bon
Qui, brûlé dans un autre, paraît nauséabond.
Le *canaster* germain aux pipes d'Allemagne ;
Roulez dans le *papel* le doux tabac d'Espagne ;
Que l'esclave à genoux aux vases d'Orient
Prodigue à pleines mains les produits du Levant ;
Il faut que de Cuba les trésors fins et rares
Aux mains du fabricant se forment en cigares ;
Enfin, que, tel qu'un prince en un château royal,
Au sein de nos brûlots règne le *caporal*.

Des feuilles de tabac en cylindre assemblées,
Et dans une autre feuille étroitement roulées,

Composent le cigare, apanage pompeux,
Privilége exclusif du fumeur fastueux.
Sans être du cigare un ardent prosélyte,
Loin de moi le dessein de nier son mérite !
Lorsqu'il est doux et sec, qu'il brûle également,
Il vous pourra parfois causer de l'agrément.
Au sortir d'un salon où la valse brillante
A rempli de son charme une nuit enivrante,
Ou lorsque le café couronne le festin
Que réglèrent les lois de Brillat-Savarin.
Moi-même, grand fumeur, hautement je déclare
Que je comprends fort bien la valeur d'un cigare.
Qu'on le nomme *londrès, puros, panatellas,*
Manille, trabucos, regalia, damas,
Qu'il soit belge, français, ou bien qu'il se pavane
D'une origine prise au sol de la Havane.
Peu m'importe ; j'admets celui que vous aimez.
Et je l'estime aussi dès que vous l'estimez [6].

Du cigare orgueilleux sœur mignonne et coquette,
Faut-il parler de toi, gentille cigarette ?
Je sais t'apprécier, ne crains pas mes dédains.
Légèrement roulée en de légères mains,
La cigarette plaît aux bouches féminines.
Aux novices palais, aux lèvres enfantines ;
Pour l'ardente Italie a des attraits puissants.
Et du fier Andalous sait charmer les instants.
Lorsqu'elle est avec art de maryland bourrée,
Au fond de l'estomac sa fumée aspirée

Sur nos sens fait peser une douce torpeur ;
Et nous croyons sentir, vaincus par la langueur,
Assoupis par l'ivresse où sa force nous jette,
L'opium d'Orient travailler notre tête.
Par la femme surtout aimée avec ardeur,
De la Parisienne elle fait le bonheur :
Qu'elle est follement chère aux petites maîtresses !
Qu'elle sait leur ravir de suaves caresses !
Dans les boudoirs de soie objet d'un tendre soin,
Des mystères d'alcôve elle se voit témoin ;

Que souvent, succédant aux amoureuses fièvres,
Elle effleure à son tour de séduisantes lèvres !
Réfléchis, jeune femme, être capricieux,
Alors que la vapeur devant tes jolis yeux
Déroule lentement ses légères spirales,
Ses nuages obscurs, ses tortueux dédales,

Réfléchis que c'est là l'image des serments
Dont tu sais enivrer tes crédules amants,
Quand ta bouche promet éternelle constance.
Oui, de cette fumée ils ont la consistance ;
On les croirait à tort d'un poids un peu plus grand.
Ils s'envolent comme elle au gré de chaque vent.

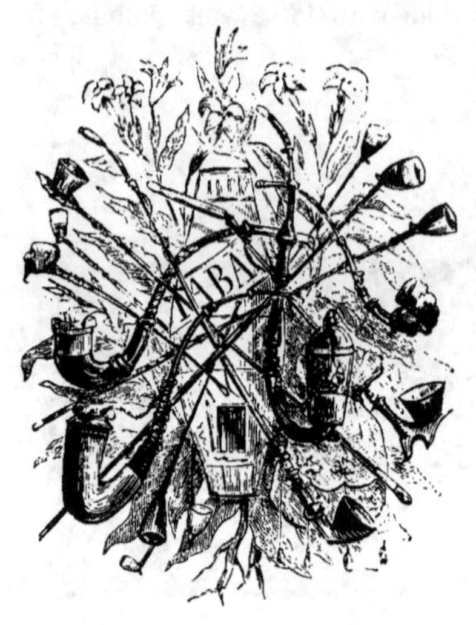

CHANT DEUXIÈME

LA PIPE. SES VARIÉTÉS. DESCRIPTIONS ET DIGRESSIONS. —
LA MARSEILLAISE. LE PAYS LATIN. — L'ALLEMAND. — LE HOLLANDAIS.
— CONSEILS AUX NÉOPHYTES. ÉPISODE FINAL.

Dites quel fut celui dont l'utile génie
A de la pipe un jour enrichi la patrie.
Dites-le pour qu'ici, joyeux, reconnaissants,
A ce mortel divin nous prodiguions l'encens.
Ce héros, qu'il faudrait adorer sur la terre,
Dont le nom devrait être en tout pays vulgaire,
Dans un linceul obscur repose enseveli ;
Et le temps a passé, le laissant dans l'oubli.

Je ne puis murmurer ce nom avec tendresse,
Comme l'amant heureux celui de sa maîtresse.
Car la France, égoïste, ingrate en son bonheur,
Profite du bienfait sans en savoir l'auteur.

Que la pipe, au contraire, aux plus lointains rivages
Se trouve environnée et d'amour et d'hommages !

L'Indien vous dira, beau de naïveté,
Que le calumet vient d'une divinité [7].

Parcourez les tribus des nomades d'Afrique,
Le chibouck est pour eux la plus sainte relique [8].

Et toi, fruit merveilleux du génie ottoman,
Narghileh ! que tu sais captiver un sultan,

Quand il puise en ton sein une douce fumée
Qui dérobe à l'essence une odeur parfumée !
Couché dans le sérail sur des divans soyeux,
Et charmant à la fois son palais et ses yeux.
Qu'il aime à partager ses ardentes caresses

Entre sa chère pipe et ses belles maîtresses !
Le tabac et l'amour, sources de ses plaisirs,
Se disputent entre eux ses paresseux loisirs ;
Et, tout en s'enivrant auprès de ses captives,
De leurs regards de feu, de leurs poses lascives,
Il fume tout le jour, et ce n'est que le soir
Qu'il délaisse sa pipe et jette le mouchoir.
Que tu dois être fière, ô pipe orientale,
De l'emporter parfois sur ta belle rivale !
De voir le Grand Seigneur, renonçant à l'amour,
Chaque matin te faire un fidèle retour,
Et préférer alors ton vase diaphane
Au corps voluptueux de la belle Persane !...
    Je ne veux pas ici parcourir l'univers
En parlant des fumeurs de cent peuples divers ;
Car la pipe sur terre en tous pays abonde,
Et chaque heure en apporte une nouvelle au monde.
Cependant je désire éloigner votre choix
Des godets de métal ou de corne ou de bois,

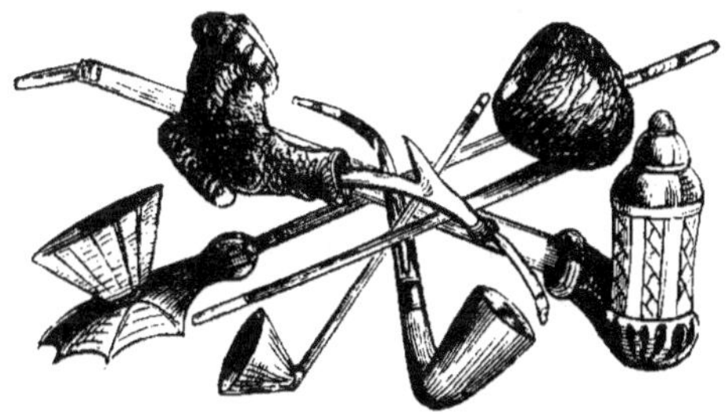

D'ambre ou de corossol ; des pipes étrangères
Devant leur origine à de rougeâtres terres,

Tels sont les fourneaux turcs, ou des rives du Nil ;
Croyez-moi, vous pouvez les laisser en exil.
Fumez-les quelque temps, et vous verrez leur terre,
Pour le jus du tabac terre inhospitalière,
Repoussant de son sein ce suc âcre et mordant,
A vos lèvres porter un liquide offensant.

La pipe de faïence est la pipe germaine :
Devant elle je dois mettre un frein à ma haine.
L'Allemand du mauvais sait distinguer le bon,
Et quand il a dit oui, je n'ose dire non.

J'accepte de grand cœur notre tête d'écume [9],
Quand dans les premiers jours un autre me la fume ;
Mais je la veux jaunie, et la rejette loin
Si de la commencer on me laisse le soin.

De même que l'ami modeste, mais fidèle,
Vaut mieux que le flatteur qui vient prôner son zèle,
De même que le bon surpasse le brillant,
Et l'homme de mérite un adroit intrigant,
Ainsi la pipe blanche en argile grossière [10]
Surpasse, à mon avis, toute rivale altière.
Aux yeux du vrai fumeur c'est la modeste fleur
Qui bientôt se trahit par sa suave odeur,
Et que l'on choisira, malgré les apparences,
Avant cent autres fleurs aux brillantes nuances.
C'est elle qui, trônant au sein de l'atelier,
Distrait dans ses labeurs le vaillant ouvrier :
De son zèle au travail aiguillon salutaire,
Elle seule lui fait oublier sa misère.
Soutient son énergie, et sait tromper sa faim [11] :

L'ouvrier a sa pipe, il se passe de pain :
Tant qu'il peut la fumer, pour lui pas de souffrance ;
Mais s'il doit la quitter, forcé par l'indigence,
Vous le voyez rêveur, découragé; ses bras
Retombent fatigués et ne travaillent pas...
Combien je la préfère, elle, simple et commune,
A ces joyaux de prix créés pour la fortune,
Aux précieux fourneaux d'ambre et d'or incrustés,
Et par d'habiles mains adroitement sculptés!
Chefs-d'œuvre de talent ! élégantes merveilles!
Non, vous ne valez point les filles de Marseille ;
Les produits de *Gambier*, la pipe *Fiolet*,
Qu'enfantent par milliers Saint-Omer et Givet;

Celle qu'à juste titre on chérit en Hollande;
La grossière Bretonne ou la lourde Flamande;
Pipes d'emploi vulgaire, et qui, d'un seul morceau,
Nous offrent à la fois la tige et le rameau.

D'autres sont des foyers, et, pour être complètes,
Exigent des tuyaux qui s'adaptent aux têtes.
Comment décrire ici les sujets variés
Par les doigts du sculpteur tour à tour copiés?
Là, c'est d'un vieux grognard l'imposante figure.
Ici, c'est d'un coursier la tête et l'encolure,
Près d'eux Abd-el-Kader : la face de l'émir
Loin des feux du désert va cependant brunir :
Son aspect est sauvage, et sa barbe argentée
Couvre de flots épais sa figure effrontée,
Et, renversant les lois de l'inflexible temps,
Au lieu de se blanchir noircit avec les ans.
    Voyez cet écrivain, enfant de notre époque.
Dont le nom bien connu prêtait à l'équivoque ;

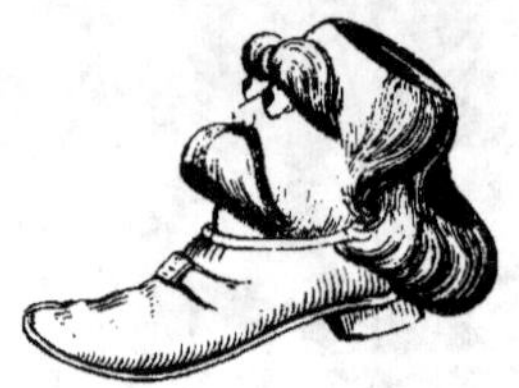

L'artiste modela sa tête en un soulier.
Et l'on devine ainsi le nom du romancier...
Un souvenir, qu'en moi réveille cette tête,
Du fond de mon sujet me détourne, et m'arrête :
Il faut que je remplisse un devoir d'amitié :
Eugène, de moi-même ô seconde moitié !
Qui de nous oserait ne pas te reconnaître
Dans l'art du culotteur pour modèle et pour maître ?
Qui n'eût pas admiré ton talent infini.

Lorsqu'en deux jours par toi ce soulier fut bruni ?
Et que deux jours après, ô chose surhumaine !
Sa nuance foncée était couleur d'ébène !
   Nous rencontrons aussi de ces sujets joyeux.
Tels qu'en taillait Pradier d'un ciseau gracieux.
Là, je vois de l'amour l'enivrante déesse
Etalant à nos yeux sa grâce enchanteresse.
Plus loin, Léda, la blonde, et son volage amant,
Couple tout à la fois et lascif et charmant,
Couple voluptueux que Cupidon assemble.
Du suprême bonheur ils jouissent ensemble :
Le cygne, haletant et le regard en feu,
Dans un moment si doux s'applaudit d'être dieu,
Et Léda, s'enivrant d'amour et de luxure,
Avec emportement outrage la nature.
Si ce groupe impudique au tabac fait accueil,
Le cygne en peu de jours se vêtira de deuil;
Et Léda, regrettant une amour immorale,
Loin d'elle jettera sa robe virginale :
De leur méfait honteux juste expiation,
Qui leur vaut du fumeur l'estime et le pardon.
   Habile est l'artisan dont un effort suprême
Un jour utilisa jusqu'à cet homme même,
Chimérique rêveur d'un nouvel univers,
Dont la plume hardie, en des écrits pervers,
De la propriété reniait le principe.
Il copia sa tête, il en fit une pipe...
Un complet changement soudain s'est opéré :
Ce cerveau, vide hier, est aujourd'hui bourré;

Mais tout son contenu, sans laisser une trace,
Se dissipe en vapeur, et se perd dans l'espace.

Dans ces objets chéris lorsque je dois choisir,
Il en est un qui sait arrêter mon désir ;
Pour lequel constamment mon amour fut extrême :
Marseillaise, c'est toi, c'est toi surtout que j'aime !

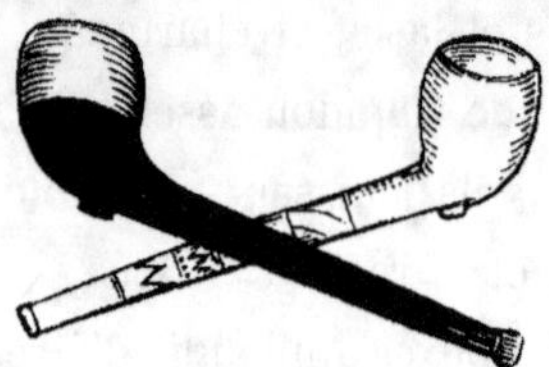

Toujours je t'ai fumée et fumerai toujours,
O pipe, ma compagne ! ô pipe, mes amours !
De tout temps on l'a vue au quartier des écoles,
Dont les fumeurs jamais ne font de choix frivoles,
Être des râteliers l'ornement et l'honneur,
Et de l'étudiant s'attirer la faveur.
    Regardez-le passer, son béret sur la tête :
Comme il sait mépriser notre sotte étiquette !
Il a sa *Marseillaise*, il fume gravement ;
Il est fier de fumer lui seul ouvertement ;
Et son esprit rétif n'admet pas le principe
Qui souffre le cigare et rejette la pipe.
Il est étudiant, pour lui tout est permis.
Durant les longs hivers, avec de bons amis
Devant l'âtre brillant il passe ses soirées :

Le punch est allumé, les pipes sont bourrées :
Aux propos enjoués succède un gai refrain;
Puis pour recommencer il a le lendemain.
Il ne trouve la joie au fond de la bouteille,
Que s'il joint la fumée à sa liqueur vermeille;
Et jamais de plaisirs sans sa pipe il ne voit...

Ah ! qu'il est beau pour nous le temps de notre droit !
Dans le quartier latin, de plaisirs couronnées
Pourquoi ne pouvons-nous remplir nos destinées !
Et loin de lui pourquoi devons-nous voir le temps
Sur son aile rapide emporter nos vingt ans !
Là, pas un seul chagrin qu'une heure ne dissipe :
Là, point d'autre souci que de brûler sa pipe.
Comme un fidèle ami considérant le sort,
On s'éveille content, et joyeux on s'endort...
Mais il faudra demain sur la mer de la vie
Errer, en supportant la fortune ennemie.

Voyez ce bol de punch qui flambe sous vos yeux;
Son feu vif et brillant s'élève vers les cieux,
Il redouble de force, il tend à les atteindre;...
Comme vos jours heureux bientôt il va s'éteindre.

L'étudiant, ce roi des culotteurs français,
Pour lequel chaque pipe offre un nouveau succès,
A cependant son maître : oui, pour si haut qu'il vaille,
Du fumeur germanique il n'atteint pas la taille.
Faisons ce triste aveu, tout en prenant le deuil;
Il faut à la justice immoler notre orgueil.
Qu'il est beau le Germain au fond des brasseries,
Abandonnant son âme au cours des rêveries!...
Il songe, fume et boit : car, ainsi qu'en naissant,
Un enfant a besoin d'un lait adoucissant
Qu'il puise sans leçon dans le sein de sa mère,
De même aux Allemands la bière est nécessaire.

Pourquoi le ciel, jaloux de mon heureux destin,
Ne m'a-t-il pas fait naître aux rivages du Rhin?

Oui, j'envie aux Germains leur brumeuse origine,
Quand je vois leur amour pour la liqueur divine,
Pour la rude boisson dont la saine saveur
Du tabac sait si bien purifier l'odeur.
N'est-ce pas ton avis, digne enfant de l'Ardenne.
Qui ne fumes jamais que ta choppe étant pleine,
Qui, chaque soir, au fond d'un vieil estaminet,
Cultives avec soin la pipe et le piquet,
Et que je n'ai pu voir déroger au principe
De faire emplir ton verre en rechargeant ta pipe.
Je n'ose te nommer sans ta permission,
Et pourtant il me faut une rime,... Brion.

La bière au Hollandais est également chère;
Mais dans l'art de fumer que de tous il diffère!
Cet indolent fumeur, ami de nouveauté,
Toujours de son brûlot veut la virginité;
Et dès qu'il a senti ses ardentes caresses,
Il le livre un instant aux flammes vengeresses,
Le fume encore, et puis le recuit aussitôt.
Insensé! d'ignorer la bonté du culot!
De maltraiter sa pipe, et de vouloir chez elle
Ce que le fiancé désire de sa belle!

Loin de vous cet exemple, ô novices fumeurs!
Entretenez l'espoir d'être un jour culotteurs.
Étudiez à fond ce secret difficile.
Ne vous rebutez point d'une épreuve stérile.
Redoublez vos essais; mais avant, pesez bien

Ces importants conseils d'un grand praticien :
Le tabac, que du doigt dans la pipe on entasse,
Doit présenter partout une égale surface :
Sur la cendre rougie appliquez le fourneau,
Aspirez lentement; que chaque effort nouveau,
Qui transmet au palais la vapeur enivrante,
Entretienne avec art le feu qu'il alimente.
Lorsque vous rechargez nettoyez le brûlot,
Et que jamais au fond ne reste le culot :
La tête, sans ces soins, par le jus amollie,
Aurait jusqu'au sommet sa surface salie.
Gardez-vous de le mettre en d'humides endroits :
Au râtelier il faut l'oublier quelquefois :
Quand vous le reprenez, qu'une valeur nouvelle
Vous excite au travail et double votre zèle.
Chaque jour, sa sueur, le perçant plusieurs fois,
Du fourneau brunira les terreuses parois,
Et sur ses flancs bientôt une ceinture noire
Viendra se dérouler sous le turban d'ivoire.
A juste titre alors montrez-vous orgueilleux :
Pour moi, d'un tel trésor noblement envieux.
Je m'écrie en voyant cette rare merveille :
Bienheureux qui possède une pipe pareille [12]!
   J'en avais une; mais le sort fatal, hélas !
Me prouva que tout doit succomber ici bas.
O chère pipe ! toi, dont mon âme était fière,
Comme de son enfant l'est une jeune mère,
Toi, sur qui je veillais avec un zèle ardent,
Que sans cesse entourait le soin le plus prudent,

Toi, qui dans tout Paris n'avais pas de rivale,
Toi, qu'en un jour de deuil, une chute fatale
Devait de ton ami pour jamais séparer,
Maintenant tu n'es plus; mais je puis te pleurer...
Des bienfaits du culot comblée avec usure,
N'ayant jamais appris ce qu'est une brûlure,
Que tu fus belle, amie! et que facilement
Tu mêlais tes baisers à ceux de ton amant!
Qu'elle était parfumée et douce ton haleine!
Mariant avec grâce et la neige et l'ébène,
Que tu me fis honneur! et combien de jaloux,
Lorsque je te *bourrais,* te faisaient les yeux doux!
O pipe bien-aimée! ô charmante maîtresse!
Que je t'ai dû souvent de longs moments d'ivresse!
Et que souvent j'ai pu, par notre intimité,
D'un code repoussant adoucir l'âpreté!...
Du moins, puisque d'après le sort commun, tout être
Sous le coup de la Mort doit un jour disparaître,
J'aurais voulu la voir tomber au champ d'honneur.
Dans une belle nuit de fête et de bonheur,
Lorsque, fou de jeunesse et d'ardente énergie,
On brise sa raison au contact de l'orgie!...
J'aurais chanté sa fin : ce trépas glorieux
Eût au moins adouci nos suprêmes adieux.
C'est vivre encor, mourir au sein de la bataille,
Comme un soldat qui tombe atteint par la mitraille...
Mais, un jour de repos, te voir à mon amour
Par un trépas obscur enlever sans retour,...
Comment me consoler? Cette scène navrante

A mon esprit troublé sans cesse se présente :
Sous l'ombrage des bois j'étais assis rêveur.
Savourant lentement ton parfum enchanteur ;
Vaincu par une molle et suave apathie.
Je laissai vaciller ma tête appesantie.
Et bientôt succombai, victime du sommeil.
Qu'il devait être sombre et triste mon reveil !
Sans frémir je ne puis me rappeler le reste :
O ma pauvre compagne ! ô destin trop funeste !
D'un instant de paresse. ah ! que je fus puni !
Tu tombes. je m'éveille : hélas ! c'était fini.

NOTES

Note 1

Gloire à toi! le premier tu donnas à la France...

. . . .

Il faut toujours crier : honneur à Jean Nicot !

Vers l'année 1520, Hernandez de Tolède, médecin de Philippe II, observa l'usage du tabac chez les sauvages de *Tabaco,* dans le Yucatan, province du Mexique. De là le secret se répandit dans les Antilles, puis en Europe. Cette plante fut envoyée en Espagne en 1560, et, peu de temps après, apportée en France par Jean Nicot, ambassadeur de François II, à la cour de Sébastien, roi de Portugal. Elle fut successivement connue en Europe sous la dénomination de *Nicotiane,* du nom de Nicot ; sous celle *d'herbe du grand prieur,* de *Médicée,* de ce qu'elle fut présentée par Nicot au grand prieur à Lisbonne, puis à Catherine de Médicis, en France ; *d'herbe de Sainte-Croix,* du nom du cardinal qui, le premier, la mit en réputation en Italie, etc., etc. En Amérique elle portait les noms de *Petun, Yolt,* etc. Celui de *tabac* qui lui est définitivement resté lui fut primitivement donné par les Espagnols : il vient de *Tabaco,* lieu où ils le découvrirent, ou du mot *tabaccos* qui désignait chez les Américains les roseaux dans lesquels ils fumaient.

Note 2

Dirai-je du tabac les mémorables luttes.

Et combien il causa de savantes disputes ?

Une polémique des plus vives s'engagea entre les médecins

des xviie et xviiie siècles sur le danger ou l'efficacité du tabac, employé comme médicament. On ne peut s'imaginer combien d'ouvrages furent écrits sur ce sujet.

NOTE 3

Urbain, Élisabeth, Médicis, Amurat, etc.

Noms des plus illustres persécuteurs du tabac. La reine Médicis, qui d'abord l'avait protégé, devint son ennemie, parce qu'elle ne put parvenir à lui faire porter définitivement le nom de *Médicée*. Élisabeth d'Angleterre se déclara aussi contre lui ; il était, à cette époque, si en usage à la cour que chaque dame du palais portait une pipe. Héritant de la haine d'Élisabeth, son successeur, Jacques Ier, proscrivit le tabac de ses États, et fit contre lui, de sa royale main, un traité célèbre, intitulé *Misocapnos,* où il montre une énergie qu'il était loin de déployer dans ses actes politiques. En 1624, le pape Urbain IV lança une bulle d'excommunication contre ceux qui feraient usage du tabac dans les lieux saints. Le sultan Amurat IV en interdit aussi l'usage en 1638, et déclara que celui de ses sujets qui serait surpris fumant aurait le nez coupé.

NOTE 4

Louis Quatorze un jour de le voir fut avide.

. . . .

Jean Bart attend Louis, mais attend en fumant.

Je ne sais plus quel historien disait en parlant de Louis XIV, dont il écrivait la vie : « Quand je lui aurai enlevé sa perruque, il en restera bien peu de chose. » Il ne connaissait sans doute pas l'anecdocte *historique* que je relate ici, et qui seule suffit pour justifier le surnom de *Grand* donné à Louis XIV.

Note 5

La France appartenait aux culotteurs de pipes.

La France appartenait aux culotteurs de pipes.

> (Louis Reybaud, *Jérôme Paturot à la recherche de la meilleure des républiques.*)

Note 6

Et je l'estime aussi dès que vous l'estimez.

S'il plaît à votre goût, je le déclare bon.

> (Barthélemy, *Art de fumer.*)

Note 7

L'Indien vous dira, beau de naïveté.
Que le calumet vient d'une divinité.

Le calumet est la pipe des peuples du sud et de l'ouest de l'Amérique septentrionale, généralement appelés Indiens. Le fourneau en est de marbre rouge, orné de plumes d'oiseaux, et le tuyau est bariolé de diverses couleurs. Le calumet fut, suivant la tradition du pays, donné par le Soleil aux Panis, nation établie sur les bords du Missouri.

> (Voir Laharpe, *Histoire générale des voyages.*)

Note 8

Le chibouck est pour eux la plus sainte relique.

. . . .

Narghileh! que tu sais captiver un sultan, etc.

Le chibouk est la pipe de l'Arabe. Il le porte sans cesse attaché à sa ceinture.

Le narghileh est une des pipes en usage en Turquie.

NOTE 9

J'accepte de grand cœur notre tête d'écume...

Pipe faite d'une espèce de talc, qualifié *d'écume de mer,* variété de la craie de Briançon, très-voisine de la pierre olaire.

NOTE 10

Aussi la pipe blanche en argile grossière...

La petite pipe de terre blanche paraît dater du temps des guerres de la Fronde.

NOTE 11

Soutient son énergie et sait tromper sa faim.

Le tabac endort l'appétit, c'est-à-dire la sensibilité nerveuse qui préside et accompagne le phénomène de la faim.

(Armand Grenet, *Influences du tabac sur l'homme.*)

NOTE 12

Bienheureux qui possède une pipe pareille!
J'en avais une. .   .   .   .

Heureux celui qui possède un ami! j'en avais un...

(Xavier de Maistre, *Voyage autour de ma chambre.*)

PARIS. — IMPRIMERIE DE J. CLAYE, RUE SAINT-BENOIT, 7

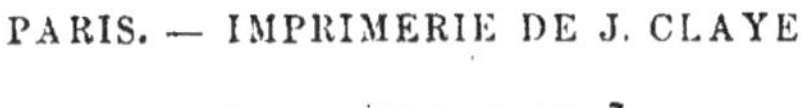

PARIS. — IMPRIMERIE DE J. CLAYE

RUE SAINT-BENOIT, 7